원태연, 시와 노래 365 일력

오늘 여기에,
우리

원태연 지음

KB131565

북로그컴퍼니

오늘 여기에, 우리

원태연, 시와 노래 365 일력

오늘 여기에, 우리

초판 1쇄 인쇄 2022년 11월 23일
초판 1쇄 발행 2022년 12월 19일

지은이 | 원태연
펴낸이 | 金滇珉
펴낸곳 | 북로그컴퍼니
책임편집 | 김나정
디자인 | 김승은
주소 | 서울시 마포구 와우산로 44(상수동), 3층
전화 | 02-738-0214
팩스 | 02-738-1030
등록 | 제2010-000174호

ISBN 979-11-6803-048-0 00810

글 원태연

국내 시집 판매량 1위 신화의 주인공. 스물두 살에 낸 첫 시집 『넌 가끔가다 내 생각을 하지 난 가끔가다 딴생각을 해』가 150만 부이상 판매되며 출간과 동시에 인기 시인이 됐다. 이후 작사가, 수필가, 소설가, 시나리오 작가, 영화감독 등 사람의 마음을 움직이는 일이라면 그 자리에서 꾸준히 글을 썼다.

지은 책으로는 『너에게 전화가 왔다』 『그런 사람 또 없습니다』 『손끝으로 원을 그려봐 네가 그릴 수 있는 한 크게 그걸 뺀 만큼 널 사랑해』 등이 있으며, 지은 노래로는 백지영 〈그 여자〉, 샵 〈내 입술… 따뜻한 커피처럼〉, 박명수 〈바보에게 바보가〉 등이 있다.

캘리그라피 배정애 @jeju_callilove
삽화 히조 @heezopark

* 일러두기
한글맞춤법을 최대한 따르되, 시의 운율과 가사의 입말을 살리기 위해 고치치 않고 그대로 둔 경우도 있습니다.

당신이 나보다 행복했으면 좋겠습니다

숨 쉴 때마다
당신이 나보다 행복했으면 좋겠습니다

비가 오는 날마다
당신이 나보다 행복했으면 좋겠습니다

층층 계단을 오를 때마다
당신이 나보다 행복했으면 좋겠습니다

바람이 불 때마다
당신이 나보다 행복했으면 좋겠습니다

내가 웃을 때마다
당신이 나보다 행복했으면 좋겠습니다

12월 / 31일

알고있죠
이것이 끝이라는걸
두번다시
볼순없겠죠
이젠나아닌다른사람과
또다른추억들을
만들어가겠죠
괜찮아요
그대떠나신대도
추억들은 내맘에있으니

〈소원〉

당신이 당신 옆에 없을 때마다
당신이 나보다 행복했으면 좋겠습니다

당신이 당신을 바라볼 때마다
당신이 나보다 행복했으면 좋겠습니다

당신의 오늘이 나의 지금보다 영원히 행복했으면 좋겠습니다

당신의 오늘을 축하드리며
기도하는 마음으로

12 월 / 30 일

겨울은 오히려 여름날보다 더
따뜻했다
외투. 목도리. 엄지 장갑…
사람들의 온기. 모든 것이 차가움에
숨을 쉬고 있었다. 그래서. 그렇게
포근한 날이었다

〈작은 참새의 옹달샘〉

1월 / 1일

손끝으로
원을 그려봐
네가 그릴수
있는한 크게
그걸뺀만큼
널사랑해

12월 / 29일

너를 예로들어
남을 위로할 때가 올까봐
나도 그런적이 있었다고
담담하게 말하게 될까봐

〈두려워〉

1월 / 2일

둘에서 하날 빼면

하나일 텐데

너를 뺀 나는

하나일 수 없고

하나에다 하나를 더하면

둘이어야 하는데

너를 더한 나는

둘이 될 순 없잖아

〈둘이 될 순 없어〉

12 월 / 28 일

첫 번째 소원은
눈이 오나 비가 오나 나를 사랑하고
나도 사랑하는 사람을 만들어달라고 해야지
그게 낫겠지

〈알라딘 램프〉

1월 / 3일

제발 이러지 말아요
끝이라는 얘기
나는 항상
시작인걸요
그댈 사랑하는
마음 ♥
점점 커져가고
있는 날
잘알잖아요

〈내 입술… 따뜻한 커피처럼〉

12월 / 27일

울지마 이미 지난 일이야
삶의 반직선 위에 점일 뿐이야
살아가면서 누구나 겪는 일이야
어른이 되는 단지 과정일 뿐이야
Uh 단지 과정일 뿐이야

〈내 입술… 따뜻한 커피처럼〉

1월 / 4일

샴푸가 되고 싶어
그대의 머리카락에 나 흘러내리며
짙은 나의 향기로 그대를 감싸고 싶어요
다른 향기를 사랑했다면 이젠 지워버려요
세상에 없는 향기들로
널 영원히 널 취하게 할 거야

〈Shampoo〉

12월 / 26일

눈이 내리십니다

눈이 내리신다고 말씀하시던 할머니와

할머니처럼 나를 사랑해준 또 한 사람이 생각납니다

〈오래달리기〉

1월 / 5일

나를잊지말아요
일초를살아도
그대
사랑하는
마음
하나뿐이에요

〈나를 잊지 말아요〉

12월 / 25일

어제보다
오늘
더
사랑해

〈후회하고, 원망하고, 불안해도〉

1월 / 6일

정말 보고 싶었어 그래서 다
너로 보였어 커피 잔도
가로수도 하늘도 바람도
횡단보도를 건너가고 있는 사람들도
다 너처럼 보였어
그래서 순간순간 마음이 뛰고
가슴이 울리고 그랬어
가슴이 울릴 때마다
너를 진짜 만나서 보고 싶었어
라고 얘기하고 싶었어

〈어느 날〉

12월 / 24일

모르겠습니다
그 여자도 나를 사랑하고 있을지는
그저 모든 이유를 떠나
내 이름 참 따뜻하게 불러주었던
한 여자만 사랑하다 가겠습니다

〈한 여자를 사랑했습니다〉

1월 / 7일

잊었다고 하기에는
아직…
잊을 수 있냐고 하기에는
이미…
지금도 사랑하고 있냐 물어보면
눈물…

〈슬픈 대답 2〉

12월 / 23일

구름이 너랑 너무 닮았어
그래서 땅만 보면서 걸었어
신발에 눈물 떨어지길래 울었어
그냥 멈춰서 울었어

〈그립니다〉

1월 / 8일

얼마나 얼마나 더 너를
이렇게 바라만 보며 혼자
이 바람 같은 사랑
이 거지 같은 사랑
계속해야 니가 나를 사랑하겠니

〈그 여자〉

12월 / 22일

내 영혼이 늘
어느 어깨에 기대어 쉴 수 있게
늘 마음속에 간직하고
생이 끝날 때까지도
간직하고 의지하며 사랑할 수 있는 존재가
신이라고 한다면
난 너를 섬기고 싶다

〈의식〉

1월 / 9일

난생 처음으로 사랑을 고백하는 순간에
망설여지지도 창피하지도 않게 하던 아이
착한 눈으로 세상을 볼 줄 알던 아이
우는 것보다 웃는 것이 더 힘들다는 것을 알려준 아이
그때
그때가 무척이나 그리워지게 하는 아이

〈회상〉

12월 / 21일

자식을 위하기보다
부모를 먼저 생각하기를
부모를 위하기보다
동반자를 먼저 챙겨주기를
동반자를 위하기보다
나를 먼저 사랑해주기를
그 모든 것이
그 모두를 위함이었음을 조속히 깨닫기를

〈촌각을 다투는 시각〉

1 월 / 10 일

마음 놓고 부를 수 있는

이름 하나 주신 것으로도

가슴 벅찬 일인데,

그대는 이따금씩

제 가슴을 터뜨려버리기라도 하듯

이 작은 마음에 담고 살기에는

너무도 커다란 사랑을

심어주고 계신답니다

〈그대가 나를 사랑한다고 느꼈을 때〉

12 월 / 20 일

발길이 떨어지지 않을 때가 있다
순간접착제로
척, 붙여놓은 것처럼
땅바닥에서 도무지
떨어지지 않을 때가 있다
그나마 발길마저
가슴을
찢어놓을 때가 있다

〈발길〉

1월 / 11일

바보도
사랑합니다

보내주신 이 사람
이제 다시는
울지 않을 겁니다

〈바보에게 바보가〉

12 월 / 19 일

한 사람만 찾고 있는 슬픈 나의 두 눈을
그 사람이 준 기억이 눈물로 꽉 채워주네

〈눈물이 흐를 때〉

1월 / 12일

오늘도 그녀의 기억은 날 불러주지 않는다

초조한 마음

도대체 달랠 길이 없다

〈그녀의 과거〉

12월 / 18일

비 맞고 니가 걷고 있으면
우산이 되어줄게
옷이 젖어 떨고 있으면
따뜻한 커피가 되어줄게
커피 마시다 허전해지면
분위기 있는 음악이 되어줄게
음악 듣다 뭉클해지면
눈물이 되어줄게
울다가 누군가 그리워지면
전화가 되어줄게
그 대신 있잖아
꼭
우리 집에 걸어야 돼

〈욕심〉

1월 / 13일

언제 그렇게 알고 지냈었다고
당신의 생각으로 하루가 시작되고
그 하루가 끝이 나곤 했었지요

〈메시지 1〉

12월 / 17일

사랑해요 지금 모습이 모두 변해도
처음 입맞춤했던 그때 그 느낌 다시 전할게 약속해
모든 이유를 떠나 그저 나는 당신을 사랑해

〈사랑〉

1월 / 14일

사랑이 떠나버린 사람의 가슴을
다시 한번 무너지게 하는 것은
길에서 닮은 사람을 보는 것보다
우연히 듣게 된 그 사람 소식보다
아직 간직하고 있는 사진보다
한밤에 걸려온
그냥 끊는 전화일 것입니다

〈미련〉

12월 / 16일

너의 작은 두 손에
붉은 장미가 아니더라도
하얀 안개가 아니더라도
내 마음 전해줄 수 있는
꽃 한 송이 안겨줄 수 있다면
너의 맑은 두 눈에
그리움이 아니더라도
보고픔이 아니더라도
내가 알아볼 수 있는
어떤 느낌이 비추어진다면

〈얼마나 좋을까〉

1월 / 15일

우리 보잘것없지만

동전이 되기를 기도하자

너는 앞면

나는 뒷면

한 면이라도 없어지면 버려지는

동전이 되기를 기도하자

마주 볼 수는 없어도

항상 같이하는

확인할 수는 없어도

영원히 함께하는

동전이 되기를 기도하자

〈동전이 되기를〉

12월 / 15일

누군가 나도 모르고 있던 점을
넌 이런 점이 좋아 해줬을 때

〈우리를 기쁘게 해주는 순간들〉

1월 / 16일

나 이렇게 일어설 수 있는 건
모진 세상 속에 나를 향해 웃어주는 너
보여줄 거야 널 향한 나의 사랑을
네가 쓰러질 땐 내 손을 잡고 일어서

〈세상 끝에서의 시작〉

12 월 / 14 일

너무나 보고 싶던 얼굴인데

마주 앉은 자리에선

꾸중하는 교장 선생님처럼

농담도 근엄하게

그리고 돌아서선

웃기려고 연습해왔던 말 중얼중얼

〈난, 안 돼요〉

1월 / 17일

나는 신이 아니기 때문에 당신의 밤을
수많은 별들로 밝혀드릴 수는 없지만
내 별 하나에 사랑을 담아
당신의 미소만은 환하게 밝혀드릴 수 있습니다

〈나는 행복하겠습니다〉

12월 / 13일

사랑이
이렇게 아픈지
모르고 덤볐어

이별이
이렇게 슬픈지
모르고 덤볐어

〈어떤 안녕〉

1월 / 18일

그냥 좋은 것이

가장 좋은 것입니다

어디가 좋고

무엇이 마음에 들면,

언제나 같을 수 없는 사람

어느 순간 식상해질 수도 있는 것입니다

〈그냥 좋은 것〉

12월 / 12일

세상에서

제일 아름답고

가장 행복한 길은

언제고 혼자 걸을 때

굉장히 아플 거란 걸 직감하면서

꼭 잡은 그 손을 더 꽉 잡고 걸었던 길, 이 길

〈사랑의 시〉

1월 / 19일

단하나의
그하나도
사랑하고싶었던
그아픈약속과
눈물들이
가슴속 멍으로
남겠지만

〈사랑은 언제나 목마르다〉

12월 / 11일

어제 마지막을 정리하며
미처 버리지 못했던
미련이 나를 잡지만
다시 내가 이유로
당신에 눈썹이 젖어온다면
차라리 내가 울어요

〈밤의 길목에서〉

1월 / 20일

오직 하나의 이름으로
간직하고 싶습니다
두 번 다시 볼 수 없다 해도
추억은
떠나지 않은 그리움으로
그 마음에 뿌리 깊게 심어져
비가 와도
바람이 불어도
흔들림 없이
오직 하나의 이름으로
기억되고 싶습니다

〈오직 하나의 기억으로〉

12 월 / 10 일

인간이 얼마만큼의 눈물을 흘려낼 수 있는지
알려준 한 여자를 사랑했습니다
사진을 보지 않고도 그 순간 그 표정
모두를 떠올리게 해주는
한 여자를 사랑했습니다

〈한 여자를 사랑했습니다〉

1월 / 21일

당신앞에서라면
자판기커피라도좋아요
추운몸
잠시라도 녹여드릴수있는
자판기커피라도 좋아요

〈당신 앞에서라면〉

12월 / 9일

지금 라디오를 켜봐요
이 세상 모든 아름다운 노래가
그대를 향해 울리는 내 사랑
대신 말해주고 있다는 것을 아나요
1분이 아쉬웠던 그대와 내가
함께했던 날들이
날 살아가게 하지만
날 슬픔 속에 가둔다는 사실을 아나요

〈라디오를 켜봐요〉

1월 / 22일

헤어짐의 갈림길에서
하루 먼저 잊고 마음 편하기보다는
하루 더 마음이 아프다 해도
눈물뿐인 시간을 보내는
바보로 남으리라

〈멈춰버린 사랑 시계〉

12월 / 8일

때로는 그대가
불행한 운명을 타고났으면 합니다
모자랄 것 없는 그대 곁에서
너무도 작아 보이는 나이기에
함부로 내 사람이 되길 원할 수 없었고
너무도 멀리 있는 느낌이 들었기에
한 걸음 다가가려 할 때
두 걸음 망설여야 했습니다

〈때로는 우리가〉

1월 / 23일

가장 고된 날을 기다렸다가
그대에게 전화를 걸지요
고된 날에는
망설임도 힘이 들어 쉬고 있을 테니까인

가장 우울한 날을 기다렸다가
그대에게 편지를 쓰지요
우울한 날의 그리움은
기쁜 날의 그리움보다
더 짙게 묻어날 테니까인

〈기다림〉

12월 / 7일

처음부터 그냥 싫지 않은 사람이었다

처음인데도 이야기하고 싶었고

처음인데도 더 오래 있고 싶었던 사람

자꾸 쳐다보고 싶었고 계속 알고 지내고 싶었던

사람이었다. 처음부터…

그것이 내게 처음으로 사랑의 상처를 입힌

그 사람의 첫인상이었는데

난 처음과 마찬가지로

그 사람이 이렇게 싫지가 않다

〈나쁜 사람〉

1월 / 24일

눈물에얼굴을묻을때
니가날버렸을때
서러운눈물을
삼키며
나도나를버렸지

〈눈물에 얼굴을 묻는다〉

12월 / 6일

입을 맞추고 싶다는 생각이 들 때
손을 잡는 것으로 만족하고,
조금 더 함께 있고 싶다는 생각이 들 때
다음 약속을 만드는 것으로 만족하며
만나고 있습니다

〈사랑하는 사람이 생겼습니다〉

1월 / 25일

사랑하는 사람이 생겼습니다
아침에 이를 닦고,
세수를 하고,
머리를 감으며
내게 사랑하는 사람이
생겼다는 걸 알았습니다
참으로 따뜻하고 행복합니다

〈사랑하는 사람이 생겼습니다〉

12월 / 5일

나쁜 생각은 하지 마
나쁜 기운이 몰려와
나쁜 말은 하지 마
나쁜 사람들을 몰고와
나쁜 마음을 갖지 마
무서운 세상에서 살게 돼

〈아주 유명한 비밀〉

1월 / 26일

바람은 아무것도 가진 것이 없는데
바람은 항상 당신을 안고
바람은 한 번도 머문 적이 없는데
바람은 언제나 당신 곁에 있네
참으로 난 당신 곁에 머물고 싶은데
참으로 난 바람처럼 살고 싶은데
당신의 바람은
여전히
나는 아니라 하네

〈당신의 비밀〉

12월 / 4일

내 그리움에는
유통 기한이 없나 봅니다

〈유통 기한〉

1월 / 27일

니가나를
사랑해준
그밤부터난
나도나를
사랑할수
있었다

〈사랑해요 당신이 날 생각하지 않는 시간에도〉

12월 / 3일

어제도
  오늘도 기다렸건만
그는 자꾸
내일 온다고만 한다
  잊지도
  잃지도 못하고
    어제도
  오늘도 기다리건만
그는 매일
  내일 온다고만 한다

〈지평선〉

1월 / 28 일

문득
가슴이 따뜻해질 때가 있다
입김 나오는 새벽
두꺼운 겨울 잠바를 입고 있지 않아도
가슴만은
따뜻하게 데워질 때가 있다

그 이름을 불러보면
그 얼굴을 떠올리면
이렇게 문득
살아 있음에 감사함을 느낄 때가 있다

〈사랑해요〉

12월 / 2일

다시 눈이 녹으면
녹아 없어지겠지요
한 송이 한 송이
정성스레 만든 얘기
다시 눈이 녹으면
어이없이 녹아
없어지겠지요

〈다시 눈이 내리면〉

1월 / 29 일

도대체 왜 아무런 말도 없는거야
미안해서 못하는거야
하기 싫어 안하는거야
도대체 왜 아무런 말도 없는거야
내가 알면 안되는거야
이젠 할말도 없는거야

〈왜 그래〉

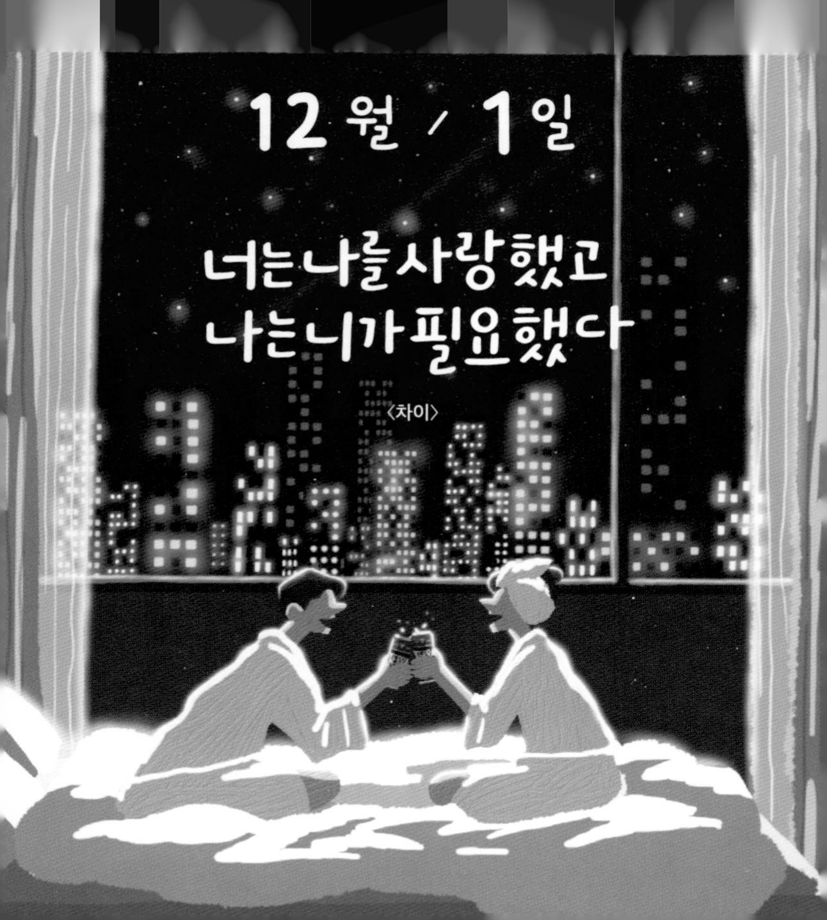
12월 / 1일
너는 나를 사랑했고
나는 니가 필요했다
<차이>

1 월 / 30 일

자다가도 일어나 생각나는 사람이 있었으면 좋겠습니다

얼핏 눈이 떠졌을 때 생각이 나

부스스 눈 비비며 전화할 수 있는 사람

그렇게 터무니없는 투정으로 잠을 깨워봐도

목소리 가다듬고

다시 나를 재워줄 수 있는 사람이 있었으면 좋겠습니다

〈일기〉

11월 / 30 일

왜 하필 나는

당신 가슴속에서

태어났을까요

넓은 곳에서

자유로운 곳에서

아름다운 곳에서 태어나지 못하고

여기서만 이렇게

자라나고 있을까요

〈나무〉

1월 / 31일

돌아서야 할 때를 알고

돌아서는 사람은

슬피 울지만

돌아서야 할 때를 알면서도

못 돌아서는 사람은

울지도 못한다

〈미련 2〉

11월 / 29 일

제발 한 번만 도와줘
잘라낸 그리움 가슴 안에서
조금씩 자라
어느새 눈물이 입술을 적셔와
또 한 번 그대 그날로 나를

〈눈물 내리는 날(비)〉

2월 / 1일

바보같은 사랑을 했지
하지만 **사랑**은
바보같은것

〈나비효과〉

11월 / 28일

사랑은 그야말로 바보처럼 아무 생각 없이 하는 거였는데

왜 그랬을까요?

〈왜 그랬을까요?〉

2월 / 2일

사랑은 너야

처음 만난 그날부터 너야

혈액형을 바꿀 수가 없듯 정해진 거야

그 끝이 결국 눈물이라면 흘릴게

〈투명인간〉

11월 / 27일

떠나고 싶어

하지만 한 번도 떠난 적은 없어

이상하지 떠나고 싶어지면 짐을 싸야 하는데

떠날 수 없는 이유를 먼저 찾고 있으니까

이것저것

묶였고 묶어버린 끈들 때문에

떠나고 싶단 생각도 금방 접어버려

그때마다 난 떠나고 싶어

〈순간 순간〉

2월 / 3일

당신이 배우들의 유머 때문에 웃고 계실 때
나는 당신의 미소를 보며 웃고 있었고,
당신이 주인공 남녀가 사랑에 성공해
행복을 느끼는 표정을 지으실 때
저는 당신의 그 표정을 보며
행복을 느꼈었지요

〈메시지 1〉

11월 / 26일

구름처럼 맴돌고 싶었다고. 바람처럼
스치고 싶었다고. 떠나지면 떠나지는 대로
만나지면 만나지는 대로
그런 사랑했을걸 그랬다고

〈때늦은 편지〉

2월 / 4일

혼자만 사랑하다
둘이서 사랑하게 되면
외로웠던 시간들이
남 일인 듯 느껴지고
둘이서 사랑하다
혼자만 사랑하게 되면
행복했던 시간들이
꿈인 듯 생소해진다

〈경험담 2〉

11월 / 25일

당신이 노래를 부르고 있을 때
꽃에 물을 주고 있을 때
당신과 당신의 주위에 비가 내리고 있을 때
당신이 꿈에서 깨어나
몽롱한 상태로 꿈을 기억해내려고 할 때
수줍은 미소로
누군가의 얼굴을 밝게 해주고 있을 때
나는 당신을 사랑하고 있습니다

〈하루〉

2월 / 5일

오랜 시간 다른 시간 속에
서로를 찾아 헤매다가
처음 얼굴을 마주칠 때
안녕 인사도 필요없이

사랑해요

눈을 감으면서
그대 입술에

입술을 맞출래

〈Amelie〉

11월 / 24일

시간이 당신을
이곳으로 모시고와
그때까지날 기억해
또한번우신다면
그때는어디로
내가가드릴까요
원하신다면
전괜찮아요
늘그랬듯이

〈밤의 길목에서〉

2월 / 6일

다시 눈이 쌓이면
떠올라주겠지요
차곡차곡 쌓이는 눈처럼
그 얼굴과의 얘기
다시 눈이 쌓이면
떠올라주겠지요

〈다시 눈이 내리면〉

11월 / 23일

죽겠는데, 내가 죽겠는데
당신이 가슴 안을 온통 차지하고 있어서
숨 한 번 크게 들이마셔보지 못하겠는데

〈이러지 마세요〉

2월 / 7일

너무 추워

겨울 이불을 덮었는데도

도무지 잠이 오지 않는다

지독한 감기에 걸린 것뿐이야 하고

눈을 붙여보지만

머릿속 양 떼는

계속 우리를 뛰어넘는다

잠마저

아예 날 떠나버린 것 같다

〈불면〉

11월 / 22일

마음이 약해지면
평소에 지나쳤던 것을
자세히도 느끼게 된다
그래서 마음이 약해지면
이것저것
더 슬퍼질 일이 많아진다
이것저것
찾아내서 슬퍼진다

〈미련한 결과〉

2월 / 8일

죽도록 붙잡고 싶던 당신은
그렇게도 쉽게 보내면서
제발 좀 떠나주었으면 하는
감기는 쉽게 못 보내니,
가만히 보면 저도
참 엉뚱하게
사는것 같습니다

〈사랑하는 당신에게〉

11월 / 21일

하나는 해줄 줄 아는 사람

아무것도 못 하지만

나를 위해 울어는 줄 수 있는 사람

그런 사람과 사랑하며 살다 죽고 싶습니다

나와 같은 사람, 꼭 같은 사람

그런 사람 만나

사랑만 하며 살다 죽고 싶습니다

〈기도〉

2월 / 9일

오늘 하루 중에
널 위해서 몇 분이나 썼니?
피곤해 죽겠는데 장난하냐고?
아냐, 진짜 궁금해서 그래
니가 누굴 위해서 살고 있는지
뭣 때문에 사는지

〈눈 뜬 장님〉

11월 / 20일

그대를 얼마만큼
사랑하고 있는지를
생각해봅니다
얼마큼일까?
도대체 어느 정도일까?
그러나 나는 모릅니다
하루종일 생각해봐도
알아지지가 않습니다
그저 이 사람이 내 주위에서
없어지면 큰일 나겠구나,
살아가기 쉽지 않겠구나
정도로밖에

〈그대가 나를 사랑한다고 느꼈을 때〉

2월 / 10일

담아둘 마음은 너무 작은데
그대 사랑은
욕심만큼 받고만 싶어지는 걸
약속해
믿어요
노력할게요
그대를 위해 비워둔 이 마음은
작지만
처음이에요

〈항아리〉

11월 / 19일

알고 있습니다
다 알고 있습니다
행여라도 돌아오실 일 없으리라는 걸
다 알면서도 묻고 싶습니다
이것으로 마지막인지요
정말로
안녕인지요

〈허튼 물음〉

2월 / 11일

그 사람 이름을
당신이라고 합니다
이렇게 그 이름 떠올리는 것으로도
충분히 행복한 일이지만
그 이름 떠들어댈 자격이 없는 몸이라
눈물을 머금고
그 사람 이름을
아름다운 당신이라고만 합니다

〈아름다운 당신〉

11월 / 18일

또각또각

초침이 움직일 때마다
생각나고 보고 싶은 사람
멈춰버린 사랑이
시곗바늘로 돌아와
내 가슴을 찌른다

〈또각또각〉

2월 / 12일

우린 매일 만났잖아
그래서 더 좋았잖아
널 늘 아껴가며
만났으면 좋았을 텐데
참을 수가 없었나 봐
너무나를 다 줬나 봐

따뜻하게
한번만 날 안아줘

〈얼음〉

11월 / 17일

늘 생각했죠
따스한 햇살처럼 살아갈 수 있게
어느 누구도 몰래
그댈 햇살처럼 안고 싶었던 거죠

〈독백〉

2월 / 13일

그 애 웃을 때 한쪽 보조개가 얼마나 예쁜지 알아
말끝마다 톡톡 쏘는 게 왜 이리 사랑스럽게 들리니
어제 전화에 대고 노래 불러줬다
유치한 것 같으면서 보기는 좋더라구요
사랑의 감정이라는 게
정말 이상한 것 같지요

무뚝하고 재미없던 놈이었는데…
사랑 한번 만나면
나도 이럴까요?

〈사랑 만나기〉

11월 / 16일

수험생은 시험 끝나면 쉬고
배우는 연습이 끝나면 쉬고
애기 엄마는 애기 자면 쉬고
**널 그리는 나는
언제 쉬냐?**

〈사랑하면 공휴일이 없을걸!〉

2월 / 14일

초콜릿보다 달콤하고
과일보다 상큼하며
담배보다 끊기 힘들다는

사고는 싶은데
파는 곳을 알 수 없는
아! 사랑이여

〈지루한 행복〉

11월 / 15일

내가 빌려줄게
내 시간
니가 다 써

〈시간 없다고〉

2월 / 15일

벽에다 대고
탁구를 치는 것
사람 사는 일
사람 사랑하는 일
지쳐 쉬게 되면
그대로 끝나지는 것
벽에다 대고
탁구를 치는 것

〈이상한 게임〉

11월 / 14일

아주 조금씩만 마음을 모아서

비 온 뒤

무지개가 뜨면

이슬처럼 맑은 물에

사랑배를 띄워

기도하는 마음으로 지켜보리라

〈만들어보기〉

2월 / 16일

이별은 그런 거지
많이도 웃긴 거지
작은 안부마저도 모른 채
서로들 살아가는 것

〈이별에 관한 작은 독백〉

11월 / 13일

나를 **행복** 하게하는 사람
나를 살아있게하는 사람
나를 불안하게만드는 사람
나를 **사랑** 하게만드는 사람
나를 제일 많이 아는 사람
나를 하나도 모르는 사람

〈그 사람〉

2 월 / 17 일

널 알고 싶어
혈액형 별자리
그런거 말고 진짜 너
세상 누구도
모르는 너
얘기해줄래
기억의 시작부터
첫번째 거짓말과
첫사랑 빼고 모두 다

〈똑같아요〉

11월 / 12일

부드러운 것을 찾고 싶어. 부드러운 것을 먹고 싶어
부드러운 사람들과 부드러운 이야기를 나누며 부드럽게 웃고 싶어
부드러운 목소리를 듣고 싶어. 부드러운 생각을 하고 싶어

〈우유 한 잔〉

2월 / 18일

그림자 밟고 걷다 갈 길을 잃어버리고
사람 참 못됐구나, 마음도 잃어버렸다

〈이별의 노래〉

11월 / 11일

그래야만 하는 것도 없고
그래서는 안 되는 것도 없다

중요한 건
결정이다

정해진 건
처음부터 아무것도 없었었다

〈자유〉

2월 / 19일

요즘 마음속에서
자존심이 미련한테 혼나고 있어
니가 뭐 그리 잘났냐고
날 이렇게 아프게 하냐고
너 땜에 내가 왜 아파야 하냐고
그래도 자존심은 암말 안 해
사과도 없이 듣기만 하고 있어
마지막 자존심을 위해선가 봐

〈자존심〉

11월 / 10 일

사랑이란, 나는 여기, 당신은 저기 있는 것

이를테면

그것만으로 충분히

만족하며 살아가야 하는 것

〈사랑의 전설〉

2월 / 20일

네 사람만 건너뛰면
아는 사람이고
세 시간만 걸어 다니면
아는 사람을 만나고
두 시간만 얘기하면
아는 사람이 되는
어지간히 좁은 세상에 살면서
한 시간도 마주할 수 없는
너와 나는
아는 사람이니
모르는 사람이니?

〈알려줘〉

11월 / 9일

시인이 되는 시간이 있습니다
그 시간에 주인을 잘못 만난 마음은
병원에라도 데려다주고 싶을 정도로
무지 아파하고 있습니다

〈시인의 눈물〉

2월 / 21일

사랑하는 사람에게
너무 깊이 빠지지 마세요
사랑이 끝난 후
그 아름다운 기억이
한 방울 눈물로 기억되지 않도록

〈유비무환〉

11월 / 8일

어색한 대화 속에 자연스레 말 놓게 되고
어느덧 마음 한구석을 차지하게 되고
그러다 장난치고, 투정 부리고, 짜증 내고
그렇게 정들다 사랑이 되고
사랑에 채 익숙해지기도 전에 이별이 다가오고
어느새 눈물이 되고 아픔이 되고
영원한 슬픔일 것 같다가도 추억이 되고
추억조차 희미해질 무렵
다른 만남이 다가오고
어색한 대화 속에 자연스레 말 놓게 되고

이러한 공존 속에
우리의 시간은 흐르게 되고······

〈쳇바퀴 사랑〉

2월 / 22일

단 한 번만이라도 듣고 싶다고

당신 입에서 나온 내 이름을

단 한 번만이라도 보고 싶다고

당신 눈에 비친 내 얼굴을

날 잊을 수 없을 것 같다고

잊지 않겠다고

그냥 해본 소리라도 좋으니

단 한 번이라도

듣기를 원하고 있다고…

〈욕심 2〉

11월 / 7일

난 사랑하고 싶어서
정말 함께 있고 싶어서
너무 많은 나를 버리고 왔다
난 이제 내가 없다고
니가 다 가졌다고 화를 내고 싶지만
니가 없다

〈나비효과〉

2월 / 23일

지금고갤
들수없는건
낯선이별보다는
그대의행복이
이젠내가될수없다는
아픈이유때문이죠

〈독백〉

11월 / 6일

그리움은 참고 있었던 거다
그리움은 눈물을 먹으며
조용히 참고 있었던 거다
그리움은
이렇게 건드리지 않으면
절대로 먼저 울지 않는다

〈스펀지〉

행복하길

어느 날 내 모습 떠올라

그녀가 힘든 일 없도록

영원히 가슴에 묻기를

함께 기도해줄래

돌아오지 않게

아픈 기억들만

간직하고 떠나기를

〈눈물에게〉

11월 / 5일

모르는사람을
사랑하는사람으로 만드는일보다
사랑했던사람을
모르는사람으로 만드는일이
몇백배는 더 힘든일이다

〈경험담〉

2 월 / 25 일

사랑에 푹 빠지고 싶어
사랑을 찾아 나섰던
요정 오드리 또두
사랑은 너처럼
꼭 영화 속의 주인공들처럼
처음 봤을 때 알아보는 것
사랑은 정말 그런 것

〈Amelie〉

11월 / 4일

모든 기억 쓸어 담으며

이별이 없었던 그날들을 떠올려

니 작고 예쁜 손끝마저도

조각난 가슴을 더 아프게 해

〈유리〉

2 월 / 26 일

당신의 아침엔 당신의 손길을 받은 모든 것과
그 모든 것을 상상하고 있는 내가 있네
오늘 아침엔 유난히 당신의 아침이 잘 그려져
나의 아침도 이렇게 웃고 있네

〈당신의 아침〉

11월 / 3일

안 그래도 보고 싶어 죽겠는데
전화벨만 울려도
눈물이 날 것만 같은데

〈비까지 오다니〉

2 월 / 27 일

사랑하는 그녀에게
사랑한단 말 못하고
나는 울었어요
우린 서로
사랑하며
서로를 보냈어요
이러면 안되는데 어쩌죠

〈그녀에게〉

11월 / 2일

십일월 초, 내가 또 이상해진다. 노력했던
시간들로 적당해진 생활이 또. 이상해진다
네 시, 다섯 시, 여섯 시 그리고 해가 질 때까지
내가 너무 쓸쓸해진다. 사람들을 만나며
나의 일들을 해가며 거리를 걸으며
내가 또 이상해지고 있다

〈늦가을〉

2 월 / 28 일

알 수 없어요. 그댄 몰라요
이런 사랑을 하는 나를
그댄 몰라요. 알 수 없어요
이런 사람이 좋은

〈알 수 없어요〉

11월 / 1일

좋은 차는 없지만
넓은 집은 없지만
네 품 안에 안겨서
따뜻하게 있잖아~

〈돈이 많이 생기면〉

2월 / 29일

책상 위에서 밤을 혼자 지새운 커피를 마시며

식은 커피와 나의 모습을 알 수 있었습니다

그대는 모르는 일이시겠지요

이른 새벽 화분에 물을 주며

꽃은 순간순간 새롭게 피어난다는 것을 알 수 있었습니다

그대는 모르는 일이시겠지요

〈이별의 노래〉

10 월 / 31 일

이연이라고 합디다
이승의 인연이 아닌 사람들을
이연이라고들 합디다
그걸 어쩌겠습니까!
이승의 인연이 아니라는데
연이 여기까지밖에 안 되는
인연이었던 것을
그런 사랑 나중에 다시 한번
만나기를 바랄 수밖에…

〈그런 사람 또 없습니다〉

3월 / 1일

난 너를 보고있을 때도 좋았지만
니가 보고싶어질 때도 좋았어

〈괜찮아〉

10월 / 30일

그 여자는 성격이 소심합니다
그래서 웃는 법을 배웠답니다
친한 친구에게도
못 하는 얘기가 많은
그 여자의 마음은 눈물투성이

〈그 여자〉

3월 / 2일

하나의 우산 속에 부딪히는 어깨에
작은 빗방울마저도 아름답게 보였던
나는 스물한 살이었습니다

〈나는 스물한 살이었습니다〉

10월 / 29일

걸린다
또 걸린다
미끼인 줄 알면서,
두 눈이 달렸기에
정확히 알면서도
걸린다
또 걸린다
꾸물꾸물 유혹하는
구수한 희망에
걸린다
또 걸린다

〈낚시터〉

3월 / 3일

막 나온 커피를 조금 식혀 입 안을 데울 때
그리고 그 혀끝으로 스며드는 향
그래서 난 아침을 더 좋아하는지도 모른다

〈커피 중독〉

10월 / 28일

널 위해 노력해볼게
널 위해 살아갈게
나약한 마음 따윈 모두 버릴게
우리의 사랑을 위해
너의 손을 잡고 놓지 않을게
사랑하는 내 사랑 바보야

〈바보에게 바보가〉

3월 / 4일

혼자서는
움직일수없는나
그렇다면

너는
바람이었을까

〈정체〉

10 월 / 27 일

너로 하여금
나는
바보가 되어간다
나로 하여금
너는
반복되는 필름이 되어간다

〈하여금〉

3월 / 5일

다 울어버려서 더 울지도 못하고 있다
덜 울었어도 됐을 텐데 미처 참지 못하고
다 울어버렸다. 눈물 없이 그대를 떠올려보려
노력에 또 노력을 더했건만
내 노력의 결과는 언제나 이런 식이다
사랑도, 그 끝의 그리움마저도

〈결과〉

10월 / 26일

이별만큼은 참으로 성실하게 하는 나를
그 사람은 알고 있을까?
언제나 내게 멍청하다고 했는데
너무너무 멍청해서 사랑엔 불성실했지만
이별만큼은 참으로 성실하게 하고 있는 건데
이런 나를 보면 어떤 표정을 보일까?

〈왜 그랬을까요?〉

3월 / 6일

안 걸리는 것보다

걸려보는 게 더 좋을지도 모르는 병

세월이

약이 되는 병

〈상사병〉

10월 / 25일

눈물을 흘리는 게 확 유행이 됐으면 좋겠어
그래서 사람들이
조금만 슬퍼도
아무 데서나 펑펑 울어버렸으면 좋겠어
나도 같이 좀 울게

〈어느 날 2〉

3월 / 7일

바람아
어디서온거니
자꾸그사람의향기가나
별들아 혹시 그 사람이 보이면
나도 볼수있게 비춰주렴
가슴속깊은곳에
흐르는 눈물이 또 나를울릴때면
난 너무 보고싶어서
그 사람을 떠올리며
다시 꼭 눈을 감아

〈눈물이 흐를 때〉

10 월 / 24 일

평생을 한사람만 사랑한다는건
사랑 자체를 무시하는거야
사랑을 사랑해야지 그상대를
사랑하는건 좀 심하게 진부하지 않니?
느낌… 우린 그걸 사랑해

〈이야기 1〉

3월 / 8일

슬퍼도 울지 못하는 것은
울어버리면
너와의 이별을
인정해버리기 때문이요

기뻐도 웃지 못하는 것은
웃어버리면
너 없이도 살 수 있다는 것을
인정해버리기 때문이요

〈인정 미워!〉

10월 / 23일

감히 내가 말했지
사랑 시가 한 편 나오려면
몇 장이고 연습장이 찢어져야 한다고
사랑을 원한다면
마음 미어지는 것은 각오했어야 한다고
감히 내가…

우스워
내가 여기서 이렇게 울고 있을 줄이야
그 친구의 마음을 이해하게 되다니

〈동부이촌동 어느 일식집에서〉

3월 / 9일

1초도 난 길었습니다
너를 알아봤던 시간
난 끝까지 갈래
그 끝이 결국 눈물이라도

〈끝까지〉

10월 / 22일

저 끝엔 뭐가 있을까

저 끝엔 길이 있겠지

그럼 그 끝엔 뭐가 있을까

그 끝에도 길이 있겠지

그렇다면

그 끝이 끝나는 그곳엔

편히 쉴 곳이 있을까

글쎄 그 끝이 끝나는 그곳까지 가기엔

니 생각이 너무

무겁지 않겠니

〈대화〉

3 월 / 10 일

이상해
정말 이상해
이건 진짜 이상해
니가 없어도 니가 느껴져
이상해
정말 이상해

〈향기〉

10 월 / 21 일

세 시에 전화하려거든
네 시에 하겠다 해주세요
기다리는 설렘도 좋지만
생각 없이 받은 전화에서
당신의 음성이 들려오면
너무너무 상큼할 것 같아요

친구들과 만나려거든
내가 잘 가는 동네에서
약속하세요
한 번쯤은 우연히 만나
이건 운명이에요 하고 억지 부려
하루 종일 쫑알거리며
내 마음 보여주고 싶어요

〈상큼할 것 같아요〉

3월 / 11일

언젠간 더 아플 가슴마저 없겠지
먼 훗날 나도 웃을게
그것이 우릴 지키는 길인걸
오늘도 기도할게
늘 끝이 아니길

〈끝이 아니기를〉

10 월 / 20 일

어차피 내 맘대로 안 되는 세상,
그 세상 원망하고 세상과 싸워봤자
자기만 상처받고 사는 것,
이렇게 사나 저렇게 사나
지가 속 편하고 남 안 울리고 살면
그 사람이 잘 사는 사람입니다
욕심, 조금 버리고 살면
그 순간부터 행복일 텐데

〈그럽디다〉

3월 / 12일

이제 너를 그리는
내 마음은
영원히 한 점에 머무른다

〈밤의 그리움〉

10월 / 19일

아팠던 지난 기억에
널 향한 숱한 나의 원망들 모두 거둘게
내 아픈 모습 꼭 봐야 한다면
그렇게 살아야 한다면
내 남은 시간 모두 눈물로만 보낼게
부탁해 돌아서는 이 사람을
날 대신해 니가 잡아줄 수는 없겠니
돌려줄 순 없겠니

〈이별에게〉

3월 / 13일

또 다시 같은 꿈
웃고 있는 그 얼굴 눈이 부셔
마음만큼 안아볼 수 없지만
너무 행복해

〈비몽〉

10월 / 18일

그대와 둘이서

영원히 둘이서만 함께할 수 있는
별이 있다면 그 별을 내가 먼저
찾아내 그대 기다려볼게요
꼭 찾아와주세요 그대여

내가 다 울게요

이제는 제발 울지 마세요
못나고 부족한 나를

사랑해주셔서
감사했어요

〈사랑해주셔서 감사했어요〉

3월 / 14일

너의 달콤한 목소리가
내 이름을 부를 때
너의 촉촉한 눈빛들이
내 얼굴을 스칠 때
사랑한다는 얘기를
너의 귓가에 속삭여
tonight
너의 가슴에 나를 안겨줘

〈첫사랑〉

10월 / 17일

이런 날 우연이 필요합니다
그 애가 많이 힘들어하는 날
만나게 하시어
그 고통 덜어줄 수 있게
이미 내게는 그런 힘이 없을지라도
날 보고 당황하는 순간만이라도
그 고통 내 것이 되게 해주십시오

〈이런 날 만나게 해주십시오〉

3월 / 15일

사랑했었어 나는 니가 다였어
세상은 온통 니 향기였지
이십사 시간 하루가 드라마 같아
사랑은 온몸에 퍼졌지
그러던 어느 날 그 어떤 어느 날
드라마처럼 니가 날 떠나버렸지
흘러내리는 눈물이 멈추질 않아
집에 갈 수 없었어
어디로도 갈 수 없었어

〈사랑하고 싶었어〉

10월 / 16일

내가 지금 알고 있는 것

너를 보낸 후에 알게 됐던 것

널 보내기 전에 모두 알았더라면

미리 알았더라면

우리 지금 혹시 차 한 잔을 같이 했을까…

〈나비효과〉

3월 / 16일

놀면… 뭐 해요

〈미련〉

10월 / 15일

내가 사랑했기 때문에
그녀는 아파지네요
사랑하는 일이란
사랑받는 일일 텐데
나는 늘
그녀의 처진 그림자만 보게 되네요

〈내가 사랑했기 때문에〉

3월 / 17일

슬픔을 참는 방법으로
이기지 못할 술을 마셔
마실수록 니가 더 보고 싶어지지만
밤새워 울리지 않는 전화 보는
내가 더 싫어 그냥 이렇게
취해버려 잠이 들어

〈슬픔을 참는 세 가지 방법〉

10월 / 14일

니가 내 취미였나 봐
너 하나 잃어버리니까
모든 일에 흥미가 없다
뭐 하나 재미난 일이 없어

〈취미〉

3월 / 18일

아무 죄도 없는 내 마음이
왜 미어져야 돼
이런 걸 감수하고도
헤어지자고

〈웃기지 마 안 돼〉

10월 / 13일

당신은 먼지가 아니니까,
털어버린다고 떨어질 먼지 따위가 아니라
나와 얘기를 만들어왔던 사람이니까,
없었던 일로 하기에는 너무나 있었던 일인
지난 우리 얘기의 주인공이니까
잊고 살 수 없는 이유가 되는 겁니다

〈짐작하지 마세요〉

3월 / 19일

가져가신 내 마음이
일기장 모서리에 살고 있는지,
정리하지 않은 잡동사니를
모아두는 서랍 속에 살고 있는지,
싫다 하셔도 끈질기게 매달려
당신의 마음속 한편에 살고 있는지가
너무 궁금합니다

〈사랑하는 당신에게〉

10월 / 12일

거꾸로 들고
끝에서부터 읽은 책

〈사랑이란〉

3 월 / 20 일

당신을 사랑하므로
나는 행복 하겠습니다
당신의 마음가득
내가 들어있는지
알 수 없으나,
**내 마음가득
당신이 차있기에**
나는 행복하겠습니다

〈나는 행복하겠습니다〉

10월 / 11일

계절은 가고 계절은 또 오고
바람은 가고 **바람**은 또 불어오고
비는 멈추고 비는 또 내리고

생각하고 싶지 않아도 생각하고 있는 나는···

아픔인 것과 아픔이 아닌 것의 차이는

〈차이〉

3월 / 21일

사랑하는 시가 있었으면
사랑하는 노래가 있었으면

〈그저께 낮 2시 27분쯤〉

10 월 / 10 일

그대가 나를 사랑한다고 느끼는 순간에 가끔 눈물이
나와줄 때가 있습니다. 그 눈물의 가치가 너무나 소중
해 함부로 닦아낼 수 없어 눈가에 그리 보기 좋지만
은 않은 얼룩이 남을 때가 있는데, 그때마다 나는 거
울을 보며 따뜻하게 데워진 가슴을 만져보곤 합니다.
그대가 이 맘에 들어와 내 감정들을 만들어주는 것에
어떻게 감사드려야 할지.

〈그대가 나를 사랑한다고 느꼈을 때〉

3월 / 22일

한번만이라도 듣고 싶어
그녀가 부르는 내 이름을
한번 더 바라보고 싶어
날 바라보는 그 얼굴
바람이 불어오는 언덕길을
그녀와 그녀의 긴 그림자 되어
단 한번만 더 걸을 수 있다면
죽어도 좋으리

〈슬픈등〉

10월 / 9일

그대가 사랑한 날

버리지 않을 거야

제발 아무 걱정 말아요

정말 난 괜찮아

나는 다 간직할게

늘 축복받지 못했던

초라했던 우리 사랑을

내가 지켜줄게

〈그놈의 결혼식〉

3월 / 23일

손톱

머리카락

아니면

도마뱀 꼬리와 같은 것

〈그리움〉

10월 / 8일

사랑은 때때로 가을에 피어납니다
따뜻하게 데워진 베지밀을 마시고 있을 때
큰 낙엽송 밑에서 신문을 읽고 있을 때
모든 가을 풍경 속에 나 역시 하나가 되어 있을 때
사랑은 조용히 가슴 속에서 피어납니다

〈풍경〉

3월 / 24일

내 옆엔
낯선 사람들이 있었고
술이 있었다
생각이 있었고
후회가 있었으며
쓰라림이 있었다
그리움이 있었고
눈물이 있었다
매일
매일

〈네가 내 곁을 떠났을 때〉

10월 / 7일

가을은
기상대보다
내게 먼저 들른다
꾸역 꾸역
어김도 없다

오나 보다
또 기어오나 보다
내 가을은
약도 없다

〈난치병〉

3 월 / 25 일

취하면 바보같은 용기가 생겨서
취하면 바보같은 사랑이 커져서
그러면 안되는걸 알면서
자꾸 핸드폰을 쳐다보고
이렇게 몇번을 망설이다
번호를 누르고
난 아직까지
너만 사랑해

〈I can't drink〉

10월 / 6일

네모든
습관을
표정을
상처를
마치 내 자신처럼
사랑했습니다

〈습관〉

3월 / 26일

우리가 서로에게 한참 빠져 있을 때
나는 널 멍청이라 불렀고
너는 날 바보라 불렀지
우리 딴에는 애정표현이었는데
이제 생각해보니까
진짜로 바보와 멍청이였지 싶어
그토록 좋아했으면서
유치한 자존심을 내세우고
지독히도 사랑에 서툴러
서로가 어렵게만 생각했던
바보와 멍청이였지 싶어

〈바보와 멍청이〉

10월 / 5일

그대는 아시나요
사랑은 손이 아닌
눈으로만 쳐진다는걸
그래서 사랑은 멀리서
바라볼 수만 있어도
행복해진다는걸

〈숙제〉

3월 / 27일

유치하면 어때
이미 작은 것까지도 소심해진 것을
유치하지 못하면
사랑할 수 없다고
그 말만 믿고 살아 요즘 난

〈요즘 난〉

10월 / 4일

강아지 알레르기가 있으면서
우리 갑순이를 질투날 정도로
사랑스럽게 안아주고
한참 있다 얼굴에 뽀록뽀록 뭐가 나와도
더 예쁘게 보이던 아이

〈회상〉

3월 / 28일

벌써 알아버렸죠
예전과 다른 그 미소
버겁게 웃으려던 그 마음을
아프게 들리겠지만
날 사랑하긴 했나요
그대여 대답해줘요

〈용서〉

10월 / 3일

봄에 가지 그랬어
가을에 와서
봄에 가지 그랬어
그랬으면
이 정도까지는…
따뜻한 날 같이 보내주고
둘이어도 허전한 이 계절에
나보고 어쩌라고
봄에 갔으면 좋을 뻔했어

〈어차피〉

3월 / 29일

너는 내 나비야
삶에 떨고 있는 내게
따스한 봄날을 알려주려
멀리서 멀리서 날아온
너는
내 나비야
내 마음속에
꽃밭을 만들어
영원히 곁에 둘 거야
사랑스런
내 나비야

〈욕심=사랑〉

10월 / 2일

월화수목금토일
외로움 가득 채우고
눈물로 목놓아부는
그리운 사랑의 노래여 노래여
인생에 바람이 분다-
춤춰라 머리카락아
행복한 나의 식탁에
태양이 비칠때까지

〈인생은 뷰티풀〉

3월 / 30일

큰 유리 조각 박힌 듯

무엇을 해봐도 가슴이 저려오네

넌 그냥 가긴 미안했는지

모아둔 기억을 모두 조각내버렸네

〈유리〉

10월 / 1일

나는 지금 그대에게 **전화를 걸어**
커피를 함께 마시자고 할 생각입니다

〈보고 싶은 얼굴〉

3월 / 31일

알아 소용없다는 걸
너만 더 부담스럽다는 걸
네가 받고 마음 편한 선물은
빨리 잊혀지는 거란 걸
떠나가는 것은 조금 슬픈데
마지막 선물이라
많이 슬퍼
자꾸만 눈에서 물이 나와

〈슬픈 선물〉

9월 / 30일

당신이 남겨놓은
잔잔한 휴식

〈미련〉

4월 / 1일

사랑해요

당신이 나를 생각하지 않는 시간에도

9월 / 29일

사랑하는 당신께
염치없는 부탁이지만
그대 다 가져가신
제 마음 잘 좀 돌봐주시고,
귀찮고 버거우시더라도
제게 돌려보내지
말아주셨으면 합니다

마음만이라도 영원히
당신과 함께 살 수 있도록…

〈사랑하는 당신에게〉

4월 / 2일

하루만 더 머물렀으면
준비할 시간을 주었다면
웃으며 보내고 싶었었는데
발등만 쳐다볼 수밖에…
어깨만 들썩일 수밖에…

〈유리〉

9월 / 28일

모르겠어 급하게 나를 버렸던 이유를
미리 얘길 했었다면
내가 날 바꿔보려 노력했을 텐데
그때 난 나를 버려가며 매달렸는데
정말 아니었었니
미련도 없이 차갑게 넌 날 떠났었지
난 울게 됐지

〈눈물에 얼굴을 묻는다〉

4월 / 3일

니 사랑이 그립다
니 모든게 그립다
너무 깊게 패인
사랑이라서
벌써 니가 그립다

〈그립다〉

9월 / 27일

별 뜻 있겠습니까…
못 잊겠으니 안 잊겠다는데
별 뜻 있겠습니까…
안 잊겠으니 돌아오라는데
그만 속상하게 하고
돌아오라는데…

〈별 뜻 있겠습니까…〉

4월 / 4일

해줄 수 있는 것이 남아 있다면 이별뿐이었던 그때
입술을 깨물며 널 위함이라 생각했는데
지금 와 돌아보니 네 기억 속의 날 장식하려 함이었던 것 같다
누굴 위한 이별이었든 우린 지금 잊혀지고 있고
편하게 널 기억하는 내게 가끔 놀랄 때도 있지만
추억은 시간을 당해낼 수가 없는 것

〈김 아무개에게〉

9월 / 26일

다 잊고 산다
그러려고 노력하며 산다
그런데
아주 가끔씩
가슴이 저려올 때가 있다
그 무언가
잊은 줄 알고 있던 기억을
간간이 건드리면
멍하니
눈물이 흐를 때가 있다
그 무엇이 너라고는 하지 않는다
다만
못다 한 내 사랑이라고는 한다

〈다 잊고 사는데도〉

4월 / 5일

꽃을 봐도 생각이 나지요
풀을 봐도 생각이 나지요
하늘을 봐도 생각이 나지요
꽃을
풀을
하늘을
함께 만져본 일 없었는데
꽃을 봐도 생각이 나지요
풀을 봐도 생각이 나지요
하늘을 봐도 생각이 나지요

〈퇴곡에서〉

9월 / 25일

너한테 날 보여주고 싶은데 그게 이렇게 힘들다
사실 난 나를 잘 모르거든… 그래서 니가 날 좀
읽어줬으면 좋겠어…

천천히
오래오래
또박또박, 또박

〈사랑이란 2〉

4월 / 6일

얼굴도 모르는 사람들 마음
위로해주면서
정작 내 그리움 하나
못 달래고 있으니
내가 생각해도
난 되게 웃기는 놈이야

〈태여니 고백〉

9월 / 24일

떠나가지 마
돌아서지 마
날 울리지 마
헤어지지 마
애원해봐도
기도해봐도
소용없는 거니
안 되는 거니

〈Tuesday〉

4월 / 7일

비
뜬금없이 내려지는
비
온다 간다 얘기 없이
무턱대고 내려와
애써 자는 기억의 가지에
물을 뿌려주는
비
뜬금없이 내려지는
그 비

〈진범〉

9월 / 23일

사랑한다는 말을
천번 삼키고
잘가란 말을
한번 뱉는다

〈남자는 울지 않는다〉

4월 / 8일

저는 행복이
TV 드라마나 CF에만
존재하는 것이라 생각했는데
이제는 거울을 통해서 보이는
제 눈동자에서도
행복이 보인답니다

〈사랑하는 사람이 생겼습니다〉

9월 / 22일

결국 그대의 시선이

나를 찾으려고 바라본 것이 아니었더라도

멈춰서 돌아본 발걸음이

나를 느껴서가 아니었더라도

그래서 그대가

언제나처럼 무심한 눈빛으로

내게서 시선을 거둘지라도

〈시선〉

4월 / 9일

네가 밟고 걷는 땅이 되고 싶던 난
잠시라도 네 입술 따뜻하게 데워준
커피가 되어주고 싶었었던 난
아직도 널 울리고 있을 거야
아마도 난
사랑해 사랑하는 마음 말고 왜
이렇게도 너무
필요한 게 많은 건지 왜
지금 너를 만나지 않아도 널
울리고 있을 내가
나는 왜 이리도 싫은 건지

〈내 입술… 따뜻한 커피처럼〉

9월 / 21일

다시만날거야
그때울자
조금만더참고
그때웃자
단한방울의눈물도
꾹참아내줘
울면영원히
이별인거야

〈다시 만나요〉

4월 / 10일

이제 떠나가시겠지만
마음 한 조각
떼어 두고 가세요
소중히 생각해주셨던
그 한 조각만
돌아온단 다짐 대신
마음 한 조각 가져가세요
영원히 기억되기 바라는
작은 조각입니다

〈세 조각 진실〉

9월 / 20일

그러다 보면

그렇게 살아가다 보면

우리 얘길

잊고 살 날이 올 거야

언젠가 우리 얘긴

아무도 모르는 일이 되고

그러곤 정말로

…안녕이겠지

〈손끝으로 원을 그려봐 네가 그릴 수 있는 한 크게 그걸 뺀 만큼 널 사랑해〉 Intro

4월 / 11일

마음은 주고 싶다고
줄 수 있는 것이 아니고
주고 싶지 않다고 해서
안 줄 수도 없는 것이니

〈작은 고백〉

9월 / 19일

혹시 너
별별별 이유로
나를 슬프게 하면
너의 눈을 따갑게 할거야
하지만
별 별 별 이유로
나를 기쁘게 하면
**온몸을 다
감싸줄수있어**

〈Shampoo〉

4월 / 12일

틈만나면 고백하지
그저 사랑한다고
그대 웃으며 끄덕일 때
나는 너무나 행복해요
내 사랑을 믿나요
궁금해
방금 또 고백을 해도
부족한 것 같아요
모든 이유를 떠나
그저 나는 당신을
사랑해

〈사랑〉

9월 / 18일

잠에서 깨어나면
어김없이 마음이 아파옵니다
일부러 생각하는 것도 아닌데
스스로 썰렁해집니다
생각 없이 지나쳤던
표정 하나 하나가
아침 해와 함께 떠올라
마음 한구석을 썰렁하게 합니다
스스로 썰렁해집니다

〈이별 후 2〉

4월 / 13일

내가
어떻게
잘
있겠니

도대체
내가
…어떻게
잘 있을 수
있겠니…

〈재회 5〉

9월 / 17일

우리가 처음 만난 날

당신도 나도 우리가 사랑에 빠지게 될 줄 몰랐습니다

하지만 나는 알고 있습니다

우리의 마지막은 서로의 가득 찬 사랑을 확인할 수 있을 거란 것을

시작을 마지막처럼 당신을 사랑하겠습니다

〈시작을 마지막처럼 당신을 사랑하겠습니다〉

4월 / 14일

날 수 없다면 뛰어갈래 저 하늘까지
내가 만든 세상 속에서
이제 자유로운 별이 되고 싶어

〈Seventeen〉

9월 / 16일

찬바람이 불어올 때도
비바람이 몰아칠 때도
그 사랑을 지켜내세요
눈물 따윈 흘려버려요
아픔마저 사랑해줘요
단 하나의 사랑을 위해

〈Once〉

4월 / 15일

나의 그녀는 하늘을 보면서
눈물을 흘렸고
그녀의 나는 그녀를 안고서
사랑하게 해서 정말 미안해
내 손을 잡던 그녈 보내며
내가 말했죠

〈그녀와 난〉

9월 / 15일

내가 사랑에 빠진다면
하얀 우유와 케이크처럼
달콤하게
때론 촉촉하게
향기처럼 부드럽게

⟨Amelie⟩

4월 / 16일

우리다시만나
사랑하자

안녕이라는 슬픈말은 하지말고
다시만날때 웃으며 해줘

〈See you again〉

9월 / 14일

혹시 욕심이 많다면
다른 행운들을 버릴게
서로의 오직 하나로
남아있는 시간들을
함께 하도록

〈나의 바램이 저 하늘에 닿기를…〉

4월 / 17일

내가 가지고 가라 한 건

사랑 조금이었는데

다음 세상으로 떠나갈 때

마지막으로라도 생각나는 얼굴이고 싶은 욕심에

사랑 조금 가져가라 한 건데

말 잘 듣는 그 아이는

다른 사람에게 줄 사랑마저 남겨놓지 않아

사랑에 인색한 사람으로 만들어버렸네

〈말 잘 듣는 아이〉

9월 / 13일

나 밤이면 슬퍼지는 이유는

그대 밤이면 날 그리리라는 걸 알고 있기 때문이고

나 술 마시면 미어지는 이유는

그대 술 마시다 흘리고 있을 눈물이 아파 보여서이고

〈이유 2〉

4월 / 18일

그까짓 사랑 때문에
그까짓 이별 때문에
그까짓 그대 때문에
울어
세상엔 온통 그대뿐
그래서 눈을 감으면
다시 또 온통 그대라
울어

〈그까짓 사랑 때문에〉

9월 / 12일

이별한 순간부터
눈물이 많아지는 사람은
못다 한 사랑의 안타까움 때문이요
말이 많아지는 사람은
그만큼의 남은 미련 때문이요
많은 친구를 만나려 하는 사람은
정 줄 곳이 필요하기 때문이요

〈이유 1〉

4월 / 19일

끝까지 가
다 모르고 가는 거야
불안해하지 말고
끝까지 가
그게 길이야

〈몰라〉

9월 / 11일

난 사랑도 술도 끊었죠

너무 아파서

술을 마시며

나 그대가 자꾸만 생각이 나

술 마시면 이별을 잊고

다시 사랑할 수 있을 것만 같아서

그럴 것만 같아서

〈술을 못해요〉

4월 / 20일

널 생각하면 마음이 따뜻해지고
생각할 것도 많아서 참 좋아
시간이 계속 흘러가도
너를 좋아했던 마음은
똑같을 거 같애
좋아하는 건 시간이 지난다고
흐려지는 게 아니잖아
널 정말 좋아했어
그래서 나도 참 좋았어
그러니까 다 괜찮아…

〈괜찮아〉

9월 / 10 일

다시또 시작해
이제 한번 쓰러졌을뿐
또 내게 멀어져 잡힐것 같진않지만
늘 그래왔잖아
세상끝에 발이걸려도
다시또 일어나
이렇게 시작하면돼
지금처럼

〈세상 끝에서의 시작〉

4월 / 21일

1차원은 점

2차원은 선

3차원은 스크린

4차원은 또라이

5차원은 몰라

스티븐 호킹 박사는 16차원을 봤고

너는 내 차원의 끝

〈차원의 끝〉

9월 / 9일

아니라고
죽어도 아니라고
목구멍까지 치미는 말
억지로 삼켜가며
헤어지는 자리에서는
슬프도록 평범하게

〈착한 헤어짐〉

4월 / 22일

갑자기 생각나는 사람
느닷없이 생각 속에 나타나
하루 온종일
멈칫, 하게 만드는 사람
멈칫한 후
아무 일도 못 하게 하는 사람

〈올가미〉

9월 / 8일

네가 나를 느낄 수 있을까
내 쓸쓸한 하루를
사랑이 아니라도
네 옆에 있고 싶은 내 맘을 알게 될까
일 분이 일 분이 힘들어
하루가 하루가 버거워
네가 날 떠나버렸던 그날 이후부터

〈그날 이후부터〉

4월 / 23일

비가 오는 줄 알았어

와이퍼를 켰지

와이퍼 고무가 다 된 줄 알았어

여전히 창밖이 뿌옇지

워셔액을 뿌렸어

그래도 차창은 닦이지 않았지

차창은 처음부터 뿌옇지 않았었지

············

비가 오는 줄 알았어

〈운전을 하며〉

9월 / 7일

눈물아
너무잘참아줬어
마지막까지정말참잘했어
니가꼭참아줘서
저기내사랑
편하게떠나고있어

그래입술아
너도잘했어
가지말라고말했으면
아마저사람계속아파하면서
내옆에남았을거야

〈안녕〉

4월 / 24일

도무지 내일이라고는 없던 날
거꾸로 매달고 털어봐야
희망 비슷한 것도 안 떨어지는 날
우리 너무 상큼하지 않냐고
잘될 거라고 다 잘되게 되어 있다고

〈좌석버스〉

9월 / 6일

또 눈물이 아직 그 눈물이
스물하나의 그 촛불을
왜 혼자 켜고 있는지

〈여덟 번째 구월 이십칠일〉

4월 / 25일

그대의 슬픈 표정이
내가 준 사랑이라면
그대여 잘한 거예요
헤어질게요

〈사랑해요〉

9월 / 5일

만날 인연이 있는 사람은
지하철에서 지나쳐도
거리에서 다시 만날 수 있지만
헤어져야 할 인연인 사람은
길목을 지키고 서 있어도
엇갈릴 수밖에 없다
이런 진리를 알고 있으면서도
다시 한번 엇갈린 골목에서
지키고 서 있을 수밖에 없는 것이
또, 사랑의 진리이기도 하다

〈사랑의 진리〉

4 월 / 26 일

이건 어때요
그냥 알고 지내는
편한 친구로
가끔씩 차도 마시며
슬픈 눈물 없이
그대를 다시
보고 싶은데

〈Again〉

9월 / 4일

한번도 그대를
이렇게 그대를
욕심만큼
안아보지 못했었는데
오늘 나의 가슴에
안겨온 그대를
이제 편히
보내줘야 하요

〈Sad Song〉

4월 / 27일

난 그게 좋아

모든 게 엉망인 거

하여튼 엉망이라

도무지

풀 엄두가 안 나는 거

그냥 내다 버려도

별 미련이 안 남아

차라리

버릴 수나 있게 하는 거

〈실타래〉

9월 / 3일

그 사람 그런 사람 아니야

제발 그 사람 나쁘게 얘기하지 마

네들이 뭘 알아

도대체 뭐를 안다고 나의 사랑을 욕하는 거야

도망가라고 아주 멀리 떠나가 행복하라고

구두 한 켤레를 내밀던 바보 같은 사람이야

〈그 사람(구두 3)〉

4월 / 28일

밤은

날 기다리게 만든다

밤은

날 그리워하게 만든다

밤은

날 지치게 만든다

낮처럼 많은 밤인데

밤은

한 번도 내 곁에 없었다

기다리지 않아도 낮은 오고

기다려도 밤은 오지 않았다

〈실종〉

9월 / 2일

가끔 나는 누구한테 화를 내야 되는지 잘 모르겠어

갑자기?

그럴 때 있지 않아?

어떨 때?

뭐든, 더 이상 참을 수가 없을 때

뭘 참고 있는데?

그걸 알면 그 사람한테 화를 냈겠지

〈양치기 소년〉

4월 / 29일

그들은 얘기했지
끊임없이 얘기했지
그 차가
막차인 줄도 모르고
다음 차를 기다리며

〈대화〉

9월 / 1일

넌, 가끔가다
내 생각을 하지!
난 가끔가다
딴 생각을 해

〈알아!〉

4월 / 30일

그럴 필요까지 없는데
마음처럼 쉽지가 않아
법에 걸리는 것도 아닌데
법보다 더 무서운
뭐 그딴 게 있나 봐

〈연락〉

8월 / 31일

그녀가 돌아봐요   울고 있는 그녀에게
울면서 돌아봐요   안녕이라 말하면서
울면서 돌아보는   나도 울었어요
그녀를 보내려고
돌아보는 그녀에게
오른손을 흔들면서   〈그녀에게〉
안녕을 말했어요

5월 / 1일

동전의 앞면과 뒷면처럼
영원히 바라볼 순 없지만
이렇게 그대와
똑같은 공기를 마실래요

〈라디오를 켜봐요〉

8월 / 30일

하늘은

마음 편한 아저씨

즐거울 때 잊고 지내라

힘겨울 때

한숨 쉬며 올려다봐도

꾸중 없이 안아주는

하늘은

마음 편한 아저씨

〈휴식〉

5월 / 2일

사랑만으로 살 수 없지만
갖고 싶은 걸 가질 순 없겠지만
그래도 나 네가 있어서
누구보다 행복해 바보야

〈돈이 많이 생기면〉

8월 / 29일

일기를 쓰지요
매일매일
습관처럼 일기를 쓰지요
있었던 일은 아니지만
만나보지는 못했지만
했다, 그랬었다가 아닌
할 거라고,
그러고 말 거라고…
내일 힘들 거라는 걸
습관처럼 잘 알지만
나 내일에겐 미안하지만
무너질 걸 알면서도
쓰지요
오늘이라도 위해

〈내일 일기〉

5월 / 3일

힘을 내 박대리
내 꿈을 찾아가
힘을 내 이대리
당신은 최고야
웃어라 세상아
오늘도 달린다

〈로케트 박대리〉

8월 / 28일

마음이 편해 그러니까 행복해

저녁이면 잠들 수 있고, 자고 나면 아침이 와 있어

아주 행복해

이것 하나만으로도 이젠 좀 살 수 있을 것 같아

〈소식〉

5월 / 4일

그냥 쓰러질 수 없었다
모진 비바람이 불어도
휘어져버린 우산처럼
그렇게 살았다

〈돈돈돈〉

8월 / 27일

니 마음이 예뻐서
니 사랑이 고마워
이젠 니 손을 잡고
다시 태어날 거야

〈바보에게 바보가〉

5월 / 5일

뛰놀던 어린시절
우리 끼리끼리
그대의 예쁜 꿈들
우리 끼리끼리
세상은 복잡해도
우리끼리끼리
오늘 하루만큼은
우리모두 끼리끼리

〈끼리끼리〉

8월 / 26일

언제나 사랑을 표현하고 싶었고
언제나 단둘이서만 있는 꿈을 꾸며
언제나 함께하고 싶었지만
언제나 마음을 졸이며 바라만 보았죠
그래서 사랑이 더 커진 것 같아요

〈이야기〉

5월 / 6일

그 사람 내 품에 안겨 있는
늘 꿈같은 꿈속에 행복한 나
젖어드는 베갯잇을 끌어안고
그래도 행복하라고
지금처럼 꿈에서만
날 안아달라고
그리고 또 기도하죠
꿈속에서 그 사람 내게 달라고
그 안에서 영원히 잠들 수 있게

〈비몽〉

8 월 / 25 일

너는 내 마음 어디가 좋아서

머물러 있는 거니

내 가슴 어느 구석이

그렇게 맘에 들어

머물다 머물다

한 부분이 되었니

너를 버리면

내 가슴 한쪽을 떼어내야 할 정도로

어디가 그렇게 좋은 거니?

〈어디가 그렇게 좋아〉

5월 / 7일

아침에 눈을 뜨면
어김없이 떠올라주시는 그 얼굴에
상상에만 그칠 입맞춤을 건넬 때도
나는 살아 있음에 감사하며
눈물을 흘리곤 합니다

〈나는 행복하겠습니다〉

8월 / 24일

그래도 거기다
그랬어도 거기다
그래봤자 거기다
그러나 그 달팽이는
그래도 거기다

〈달팽이의 사랑〉

5월 / 8일

엄마는 나를, 나는 엄마를
지금처럼 이렇게 꼭 안고만 살자

그래서 엄마
우리 죽을 때까지
서로의 눈물은 보여주지 말기로 하자

우리 두 사람
하나의 심장이었을 때처럼

〈두 사람의 한 가지 소원〉

8월 / 23일

그립다는 건
흐르는 강물과도 같은 것
떠밀려 내려가면서도
돌아볼 수 있는 그곳에 만족하며
흐르는 강물처럼
흘러만 가는 것

〈그립다는 것〉

5월 / 9일

햇살 가득한 창가에 앉아
그대가 끓인 커피를 마시는 상상만으로
가슴이 벅차올라서
눈물이 흐를 만큼 행복해요
그대여 잘 있을게요
걱정 말고 떠나가주세요
그대가 함께한 달콤한 상상이
오늘 하루 동안을 살게 해요

〈달콤한 상상〉

8월 / 22일

부디 나의 일이 아니길
제발 이번 한 번만 날 도와줘
내게 남은 행운들
모두 버릴게 모두
다시 내게 와야 했었니
굳이 행복한 내 미소 그렇게
보고 있기 싫었었니
나를 비켜 가 이번만
이 사람은 제발 남겨줘

〈이별에게〉

5 월 / 10 일

영원히 그대를 보고 싶었던
두 눈은 필요 없겠죠
그대를 보지 못한 채 눈물 흘린다면
감아버려도 되겠죠

〈이별과의 이별〉

8월 / 21일

머리카락이 하나 있으면
그 머리카락으로 너를 만들고
그 머리카락을 하나 뽑아서
너를 다시 만들고
너를
또 만들고 또 만들고 또 만들면
여기서도 저기서도 지나치겠지

〈복제〉

오직 하나의 이름만을
생각나게 하여 주십시오
해님만을 사모하여
꽃 피는 해바라기처럼
달님만을 사모하여
꽃 피는 달맞이꽃처럼
피어 있게 하여 주십시오
새벽 종소리에 긴긴 여운
빈 가슴 속에
넘치도록 채워주십시오
하나만 넘치도록···

〈하나만 넘치도록〉

8월 / 20일

사랑했잖아 니가 그랬고 내가 그랬잖아

그래서 우리는 하나였고 떨어져 있으면 보고 싶어 했잖아

〈괜찮아〉

5월 / 12일

무너지고 있나요
사라지고 있나요
이 마음은
당신의 것이기에
나는 알 수 없네요

〈킬러 K 3〉

8월 / 19일

여름이었지 그대는
조금 더운 바람도 좋았고 햇살도 좋았고 ☀
🤍 지나치는 사람들의 표정들도 내 마음도
참 많이 설레고 좋았지 🌿
🌿 너와 함께 있었으니까 …

〈이야기 2〉

5월 / 13일

하다못해 이삼십 년 전 일도
그때를 아십니까 하고
다시 보여주는데
왜 내 사랑은 안 보여줘
우리 얘기는
왜 못 보는 거냐고

〈니가 맹구냐〉

8월 / 18일

사랑한다고 안 끝났다고
밤새 편질 써요
쓰고 나서 찢곤 해요
나 오늘 밤도

〈이별에 관한 작은 독백〉

부지런하셨네요
참 부지런도 하셨네요
어쩜
이렇게도 많이 남기셨는지···

부지런하셨네요
참 부지런도 하셨네요

〈흔적〉

8월 / 17일

정말 싫어질 때는
표정도, 말도
아무것도 없습니다
그때는 말없이
떠나달란 뜻입니다

〈정말 싫어질 때〉

5월 / 15일

그리운 사람

참 많이 그리워지는 사람

〈비 비린내〉

8월 / 16일

차가워진 목소리
슬픈 니 눈빛
이런 널 나는
사랑하려고해
얼음보다 차갑던
너의 입술을
내가 이렇게
녹여줄 수 있잖아

〈Heaven〉

5월 / 16일

유리 조각 박힌 듯

아려오는 가슴 안고

쓸쓸한 눈동자로 바라본

오월의 하늘 아저씨는

눈물만 흘리기에는

너무 맑으시다

해서 아저씨만큼 맑은 마음으로

내일 다시 인사드리리라고 다짐했다

〈다짐〉

8월 / 15일

사람들은 누구나 다 같은 얼굴로 산다
그래서 사람들은
다 다른 얼굴로 살아가고 있다

〈얼굴〉

5월 / 17일

사랑시가 한편 나오려면
몇장이고 연습장이 찢어져야한다고
사랑을 원한다면
마음 미어지는 것은 각오했어야한다고

〈동부이촌동 어느 일식집에서〉

8월 / 14일

꿈꾸지 않고 자는 잠처럼 남겨질 것 없는 현실의 시간이

표현하기도 싫은 통증을 자꾸만 만들어낸다

〈좁은 방〉

5월 / 18일

사랑이 꼭 필요합니다

그래서 사랑했습니다

세상 끝까지 사랑의 끝까지

우리 같이 가요

끝까지

〈끝까지〉

8월 / 13일

그런 사람 또 없습니다
그렇게 따뜻하고 눈물이 나올 만큼
나를 아껴줬던 사람입니다
우리 서로 인연이 아니라서 이렇게 된 거지,
눈 씻고 찾아봐도 내게는
그런 사람 또 없습니다

〈그런 사람 또 없습니다〉

5월 / 19일

단

한 번 사진 속의 그때로 돌아가 다시 돌아올 수 없다면

난

어떤 사진 속으로 돌아갈까

모든 사람들에게

그런 현대 과학의 혜택이

공평하게 주어진다면

지금 지구엔

몇 명이나 살고 있을까

〈사진 속에 별〉

8월 / 12일

그리운 얼굴 있어
가만히 눈 감으면
그리운 얼굴, 그 얼굴
어디에도 안 보이고
그리운 이름 있어
가만히 입 벌리면
그리운 이름, 그 이름보다
눈물이 먼저 나옵니다

〈회상〉

5월 / 20일

누군가와 얘기가 하고 싶어졌습니다. 아무나 붙잡
고 내 얘기만 하고 싶었습니다. 어떻게 살아왔고 어
떻게 살 것이고 살아오는 동안 내가 잃어버린 것들,
잃어버린 후에야 소중함을 알았고 다시는 그것들의
주인이 될 수 없음이 너무 안타깝다고 오늘도 기분
이 그런 날이라고, 이제 다시는 오늘 같은 날은 없을
거라고 얘기가 하고 싶어졌습니다.

〈그래서 그랬습니다〉

8월 / 11일

역시 사람은

무언가에 열중해 있을 때

가장 행복하지 싶어

해서 생각한 건데

행복이란

생각하기 나름이지 싶어

〈행복 만들기〉

5월 / 21일

이것이 행복이구나 느껴질 때
그 느낌 조금씩 모아놓고
다소 짜증스러울 때 찾아 쓰십시오
살아가는 일들이 권태스러울 때는
함부로 부르기조차 소중했던 그때가 있었으니

〈신혼부부를 위하여〉

8월 / 10일

사랑해요
하늘때는 모릅니다
얼마나 사랑하는지
사랑했어요
하늘때아 알수있습니다
하늘이 내려앉은 다음에야
사랑
그크기를 알수있습니다

〈사랑의 크기〉

5월 / 22일

오늘 세 갑의 담배를 태웠다

하나 하나에

너의 기억을 실어

육십 번을 반복해봤다

거리에서

찻집에서

내 방에서…

어지러움 속에서

얻어진 것이 있다면

잊으려 노력하는 이유는

잊지 않기 위해서라는 것이다

〈잊지 않기 위해서〉

8월 / 9일

이제까지의 만남은
이별을 위함이었던가
이별 한 번 하려고
그 아름다운 추억을 만들었던가
하나하나 우리를 잊어갈 때
추억마저 거짓으로 느껴질 때
기껏 이별 한 번 하려고
그 많은 시간을 보냈다 생각하니
그리움에 눈물 참다가도
힘없이 웃어버리고 만다

〈웃겨〉

5월 / 23일

나는 상처가 많았다고 했잖아

또 아프면 터진다고 했잖아

그래도 나를 사랑한다 했잖아

그런데 난 또 울고 있잖아

다시 혼자서 날 달래야겠지

웃어도 보려고 하겠지

이렇게 까만 새벽에 늘 깨어나

다시 널 찾다 울고 있겠지

〈운명〉

8월 / 8일

오늘아침은
다이렇게
웃고
있었으면
좋겠습니다

〈고양이의 기억력〉

5월 / 24일

살아가면서 생기는 아픈 일들
하룻밤의 꿈처럼 지울 수 있게 해주시고
어려운 사람을 위해 흘리던 눈물
앞으로도 계속 흘릴 수 있게 해주시고
사랑하게 되는 이
선한 마음을 가진 사람으로 골라주시고
앞으로도 그 사람을 위해 기도하며 살 수 있도록
나의 기도가 이루어졌음을
내가 평생 모르고 살게 하여 주시옵소서

〈여덟 가지의 기도〉

8월 / 7일

헤어짐이 없는 나라를 만들겠다고
떠나버린 님의 마음을
그 전처럼 돌려주겠다고
가슴 아픈 이별을 했더라도
하룻밤 아파하다
거짓말처럼 잊을 수 있게 해주겠다고

〈공약〉

5월 / 25일

이렇게 속으로는 조용히 울고 있다는 것을
그대는 모르게 하는 일

〈사랑한다는 것은〉

8월 / 6일

돌아가신 할머니 얘기를 하시다
툭 던진 아버지의 한 마디

"부모는 기다려주지 않아."

도대체가 할 말이 없어
쥐구멍이라도 찾고 싶었던 그날

〈영혼으로 쓰는 반성문〉

5월 / 26일

너를 사랑하잖아

그것밖에 난 보여줄 게 없잖아

날 사랑한다 했잖아

돌아서지 마

우리 정말 좋았었잖아

한 번 더 그때로 돌아가

부족했던 내 모습 모두 고치고

널 다시 한번 만나고 싶어

〈헤어지지 말자〉

8월 / 5일

빰빰빠 랄라~
오늘은 기분 좋은 날
아침바람이 너무나 상큼해
커피 향이 너무나 감미로워
별일 없이 기분 좋은 날
빰빰빠 랄라~
빰빰빠 랄라~

〈빰빰빠 랄라〉

5 월 / 27 일

어디선가 불쑥 나타나

왜 이렇게 비를 맞고 다니냐고

우산을 씌어줄 것 같아,

나처럼 외로운 눈에

빗물을 가득 담아

가슴에 안겨올 것 같아

어디로도 비를 피할 수 없었습니다

〈그래서 그랬습니다〉

8월 / 4일

별빛에 부서진 추억도
날 버린 니 이름도
모두 다 지울 순 없겠지
내가 나를 지울게

〈눈물에 얼굴을 묻는다〉

그리려 하면

그릴 수도 있는데

다시 지우기 마음 아파

차라리 안 그리는 얼굴

그저 떠올려지는 걸로 만족해야 하는

함께했던 기억으로만 위로받아야 하는

그 얼굴이 하도 보고파

망설이다 망설이다 찾아가보지만

눈앞에 두고도 뒤돌아서야 하는

내가 봐도 너무 슬픈

내 얼굴

〈내 얼굴〉

8월 / 3일

그리 먼 이야기도 아닌 듯한데
당신 이름 석 자 불러보면
낯설게 들립니다
그렇게 많이 불러왔던 이름인데…

그리 먼 이야기도 아닌 듯한데
당신 고운 얼굴 떠올리면
썰렁할 정도로 어색하게 느껴집니다
그렇게 많이 보아왔던 얼굴인데…

그리 먼 얘기도 아닌 듯한데
이제는 잊고 살 때가 되었나 봅니다

〈그리 먼 이야기도 아닌 듯한데〉

5월 / 29일

내가 생각하는 것
고민하는 것
아파하는 것
사랑하는 것 모두
내 자유로 만들어진 것들로만
나는 생각하기를
고민하기를
아파하기를
사랑하기를

〈귀가〉

8월 / 2일

이렇게도 마음이 편해지는 것을…

⟨빈 새장⟩

5월 / 30일

항상 기다린다고

그게 좀 더 쉽다고

나를 대신해 니가 전해주겠니

부탁할게

언제나 나는 이렇지

돌아선 후에야 해야 할 말이 떠올라

묻고 싶었지

행복했는지

간직할 만한 추억들은 있었냐고

〈종이비행기〉

8월 / 1일

까맣게 잊었더니
하얗게 떠오르는 건

〈어쩌죠〉

5월 / 31일

또 한 번 이 세상 어느 곳에 태어나
운명이 정해졌다면
니가 어디에 있든 꼭 너를 찾아내
내 시간 모두 너와 나눌게

〈폭풍 속에서〉

7월 / 31일

내 마음 지금

중환자실에 있어

의사 아저씨도 못 고치신대

아저씨가 너 부르래

니가 호 해주면 낫는 병이래

나 지금 오늘내일해

니가 빨리 와서

호 해줘

〈호 해줘〉

6월 / 1일

그냥 좋은 것이
가장 좋은 것입니다

〈그냥 좋은 것〉

7월 / 30 일

사랑하고싶었어
니가너무좋았어
니가나의다였어
제발차갑게날보지마
처음부터그랬어
그래서무서웠어
너가날버릴까봐
너의사랑이
식어버릴까봐

〈Tuesday〉

6월 / 2일

당신은
지정된 기간 내에
미련을 정리하지 못했으므로
현재 지니고 계신 아픔에
10%가 가산되었음을 알려드립니다

〈연체〉

7월 / 29일

너는 왜 살아?

나…

여기 또 누구 있어?

그냥 어떻게 되나 한번 보려고

〈난 가끔 하느님한테 전화하고 싶어〉

6월 / 3일

시험 끝난 다음

답 고치고 싶은 학생처럼

그때 그때

잘못만 생각이 나

그 순간을 후회하며

고치고 싶고 지우고 싶은,

이별한 사람은 모를

이별 당한 사람의

착한 걱정

〈착한 걱정〉

7월 / 28일

알고있니

불꺼진 너의 창 다시
두드리지 않는건
꿈속에 너를 다시 찾을 날
지금보다 많이 미워하란 뜻인걸
나의 사랑을 이렇게 보여주는걸

알고있니

〈아름다운 비밀〉

6월 / 4일

저녁 내내 끊임없는 비
 덧문을 닫고 스탠드를 켠다
조용한 것이 무서워 틀어놓은 음악과
덧문에 부딪히는 빗방울 소리가
 가슴을 휘젓고 다닌다

 저녁 내내 끊임없는 비
  아직도 나는
  사랑을 하고 있는 것 같다

〈비〉

7월 / 27일

시인들은
사랑 중인 사람들의 감정을
더 아름답게 꾸며주기도 하지만
힘들여 잊고 살려는 사람들의 눈에서
눈물을 쏟아내게도 한다

〈시인들은〉

6월 / 5일

그녀는 한 번 돌아보았다

조금 걷다

그녀는 두 번 돌아보았다

조금 더 걷다

그녀는 세 번 돌아보았다

그녀는 돌아만 보았다

내가 불러주지 않았으므로

그녀는 계속 돌아보며 걸었다

〈1994년 이별〉

7월 / 26 일

사랑해 처음부터 그랬었고 지금도 난 그래
그래서 미안하고 감사하고 그래
우린 아마
기억하지 않아도 늘 생각나는 사람들이 될 거야

〈안녕〉

6월 / 6일

어쩌란 말인지

구겨 던져버린 추억 잡고

악을 쓰며 악을 쓰며 불러봐도

한숨보다 더 허무한 듯 메아리는 울어대고

그리움만으로 살아가기엔

스물넷 젊은 가슴은

너무나 뜨거운데

도대체

어쩌란 말인지

〈어쩌란 말인지〉

7월 / 25일

조금은 아프더라도
가끔은 힘들더라도
다시없을 열정과 인내로
마지막 순간을
축복하자

〈밤의 그리움〉

6월 / 7일

저것의 아름다움을
오만함과 포근함을
얼마나 어떻다고 얘기해야 하나
꿈에서도 보기 힘든 색으로
빤히 쳐다보고 있는

빈 술잔 내려놓고
포기해버렸다
포기하는 것이
표현하는 것이었다

〈노을〉

7월 / 24일

허락없이 시작한
이사랑을
난 사랑해요
더 아파도 계속할래
난 끝까지 할래
끝이 없어도

〈세상 그 누구보다〉

6월 / 8일

미치고 싶을 땐
죽을 만큼 보고 싶을 땐
눈을 감고 우리 사랑을 또 그린다
그립고 또 그립다

〈그립다〉

7월 / 23일

조금만 가까이 와 조금만

한 발 다가가면

두 발 도망가는

널 사랑하는 난

지금도 옆에 있어

그 여잔 웁니다

〈그 여자〉

6월 / 9일

그 바보가 어딘가에 혼자 울고 있잖아
그 바보가 나를 위해 혼자 울고 있잖아
욕하지는 마 정말 듣기 싫어 네가 뭘 알아
너는 그 사람의 사랑을 받아본 적이 없잖아

〈 그 사람(구두 3) 〉

7월 / 22일

너를 잊어보려 했지만

생각처럼 쉽게 되질 않아

그냥 편하게 슬픔을 맞이하려고 해

많이 아프지만 참을게

몰래 흘려버린 눈물에 놀랐을 땐

그냥 이렇게 눈을 감고 너를 생각해

〈슬픔을 참는 세 가지 방법〉

6월 / 10 일

생각이 날 때마다
술을 마셨더니
이제는
술만 마시면
생각이 나네

〈이런 젠장〉

7월 / 21일

여름밤 덥다고 이불 없이 자지 마
신호 바뀔 때는 꼭 좌우를 살피고
늦잠 자고 피곤하다고, 시간 없다고
끼니 거르지 말고

〈우연을 위하여〉

6월 / 11일

그대
그 어느 하루쯤은
나를 위해 돌아서서
그립노라 말해주오
가슴 치며 울어주길 바라진
않는다오
보고파서 목 메이길 바라진
않는다오
그대 많은 날들 중
크게 필요치 않은 이삼 일
정도만

한가로이 시간 내서
내가 그립노라 말해주오
나만큼이나
내가 그립노라
말을 해주오

〈애원〉

7월 / 20일

떠나갈 사람은
남아 있는 사람을 위해
모진 척 싸늘하게

남아 있을 사람은
떠나간 사람을 위해
아무렇지 않은 듯 덤덤하게

〈착한 헤어짐〉

6월 / 12일

한 잔이 모여서
두 잔이 된다지요
한 잔이 모여서
한 병이 된다지요
한 잔이 모여서
세 병이 된다지요
고마운 한 잔이
어서어서 모이면
어김없이 버거운 오늘이
후딱,
가버린다지요

〈만취〉

7월 / 19일

막 뽑아낸 커피를 마신다
막 떠오르는 그리움
눈물이 나온다
막

〈아침〉

6월 / 13일

비가 오면

생각나는 사람이 있습니다

빗속을 걸어본 적도

특별히 비에 관한 추억도 없는데

비만 오면

그냥 생각나는 사람이 있습니다

모릅니다

그 사람도 비를 보고

나를 떠올릴지도

하여간 비만 오면

괜히 우울하게 만드는 사람이 있습니다

〈비만 오면〉

7월 / 18일

나 이런 모든 생각 떨쳐버리지 못하는 이유는

떨쳐버리고 나면 무너질

나를 위해서입니다

〈이유 2〉

6월 / 14일

시간아 제발
천천히 가줘
오늘 하루만
내 사랑과 함께 있어
행복이 흐른다
우리는 니가 필요해
우릴 도와줘
조금만 천천히 가
남은 내 삶을
모두 가져도 좋아
제발 지금은
멈춰다오

〈시간아 제발… 천천히 가줘〉

7월 / 17일

가슴이 아픈지조차 모르는 사람은
아직도 이별을 실감하지 못하기 때문이다

⟨이유 1⟩

6월 / 15일

도대체 왜

누굴 위해

무얼 위해

승리해야 하나

나는 난

누구일까

무엇일까

그걸 알고 싶어

〈Communication〉

7월 / 16일

괜찮아요

난 절대 울지 않아요

난 오늘까지라도 행복해

그대는 나를

또 나는 그대를

이 순간에도

사랑을 하고 있잖아

〈괜찮아요 난〉

6월 / 16일

너의 목소리, 눈빛, 나를 만져주던 손길, 머릿결
부르던 순간부터 각인되어버린 이름, 아름다운 얼굴
그렇게 시작되었던 어쩌면 재앙과도 같았던 사랑
그렇게 우리는 서로의 사랑에 중독되어갔다

〈눈물에… 얼굴을 묻는다〉

7월 / 15일

평생을 두고 기억에 남는 사람이 되기를
나는
내 사랑이 이루어질 수 없음을 알고부터
그것이라도 바래야 했다

〈평생을 두고 기억나는 사람〉

6월 / 17일

시간이 약이라고 하던데
그래서 이렇게 쓴가 보죠

당신 없이 지내고 있는 내 모든 시간들

〈통증〉

7월 / 14일

다시 태어난다면
네 오른손에 커피가 좋겠어
한 모금의 따뜻한 커피로
네 가슴속에 스며들 수 있다면
사랑이 아니라도
네 가슴속에 스며들어 살 수만 있다면
나 다시 너만의 커피가 되어 태어날래

〈그날 이후부터〉

6월 / 18일

우리 아빠를 아는 사람들은
모두 알고 있을 것이다
너무너무 훌륭한 분이시라는 걸
아빠는 알고 계실까
내가 얼마나 자랑스러워 하고 사는지

〈우리 아빠〉

7월 / 13일

눈물이흐를땐울어버려
사랑엔눈물이필요한거야
그대의아픔도사랑해줘
가슴속사랑은하나잖아요

〈Once〉

6월 / 19일

기도했는데 그대가 나의
마지막 사랑이었기를
아니었나 봐
첫 번째 상처로 내게 남아 있겠죠
돌아온다면 혹시 그래 준다면
웃어줄 텐데 난 괜찮은데
왜 이렇게 난 잘못한 일들만
자꾸 떠오르는지

〈Again〉

7월 / 12일

마음속으로만 감사합니다
마음속으로만 죄송합니다
마음속으로만 제발 건강해주세요
차마 양심은 있었는지
마음속으로도 하지 못한 말

"아버지, 사랑해요."

〈영혼으로 쓰는 반성문〉

6월 / 20일

담배를 끊어야 한답니다
술을 줄여야 한답니다
커피를 끊어야 한답니다
그러기 위해서는
그녀를 먼저 · · · 잊어야 합니다

〈병원에서〉

7월 / 11일

어제는 비가 와서
빈대떡을 먹었는데
도무지 맛이 없었어
할머니 성의를 생각해서
억지로 한 입 먹었지만
보고 싶은 마음은
빈대떡으로도
채워지질 않는다

〈너 > 빈대떡〉

6월 / 21일

당신의 미소가
나를 향한 것이 아닐지라도
당신의 마음이
나를 보고 있지 않다 해도
내가 당신을 사랑한다는 사실로
나는 행복하겠습니다

〈나는 행복하겠습니다〉

7월 / 10일

여름밤의 소나기처럼 다가와
허락 없이 마음 한 구석을 차지하고
남은 마음마저 넘보고 있는···
그래 모두를 차지하여라

〈만남의 느낌〉

6월 / 22일

돈 돈 돈

인생은

돈 돈 돈

너에게 뺏긴 인생이 슬퍼

가슴이 죽는다

드림 드림 드림

잊었던

드림 드림 드림

그 꿈을 찾아

한 잔 또 한 잔

〈돈돈돈〉

7월 / 9일

시인이 되는 시간이 있습니다
정해놓은 시간은 아니고
술이 달거나
음악이 귀에 들어오거나
쓸데없이 뭉클해지거나 하면
시인이 되는 것 같습니다
그 시간에는
한숨과 체념이
연과 행으로 나누어져
시가 되어버립니다

〈시인의 눈물〉

6월 / 23일

남들에게 모든 걸 이해받으려고하지마
다른사람의 평가로 마음을 채우려는 인간은
그순간밖에 행복할수 없어

〈진짜가짜〉

7월 / 8일

사랑해야 한다는
사랑받고 싶다는
사랑 주고 싶다는
아주 긴급한 내용을
전해야 하는데 …

〈긴급 통화〉

6월 / 24일

제발 잊지 말아요
천년을 살아도
그대 사랑하는 마음뿐인 바보였죠
그대 핸드폰이 난 너무 부럽습니다
지금도 니 옆에 같이 있잖아요

〈나를 잊지 말아요〉

7월 / 7일

오늘 뭐 했어?

나, 난 뭐

엄마한테 전화 안 한 거 빼고

어제랑 똑같았지 뭐

오늘은 진짜 거짓말하고 싶지 않았거든

〈그림자의 하루〉

6 월 / 25 일

사랑한다는 일이
언제나 혼자 해야 하는
일이라는 걸 알고 있지만
그래도 당신이
늘 내 옆에
있었으면
참 좋겠어요
지금도 오늘도
조금전도 언제나
늘 당신이 제 곁에
있었으면 좋겠어요

〈벌〉

7월 / 6일

버스 운전기사 하자고

자기가 매일 옆에 타고 다니면

돈도 벌고 함께 있고 얼마나 좋으냐고

우리 같은 연인들을 위해

음악도 준비해두자고…

〈좌석버스〉

6 월 / 26 일

근데… 이상한 건
시간이 너무 많이 남는다는 것입니다
아무 할 일이 없어진 그 시간에
자꾸만 생각이 난다는 것입니다
왜일까 생각해보니
이제는
혼자이기 때문인 것 같습니다

〈혼자이기 때문입니다 1〉

7월 / 5일

하루에도 몇 번씩
전화를 하고 싶어
하루에도 몇 번씩
짜증을 내고 싶어
하루에도 몇 번씩
고백을 하고 싶어
하루에도 몇 번씩
사랑을 하고 싶어
하루에도 몇 번씩
너를 보고 싶어
넌 누구니?

〈하루에도 몇 번씩〉

6 월 / 27 일

어떤
이름이 부르고 싶어지거나
어떤 얼굴이 보고 싶어지면
그때마다 무엇을 해야 하는지
눈앞이 깜깜해집니다

〈혼자이기 때문입니다 2〉

7월 / 4일

역시 비가 쥐약이었습니다. 이렇게까지 미련스러
울 필요는 없는데. 뭘 어쩌겠다고 달랠 자신도 없
으면서 지난 얘기로 마음 안을 온통 들쑤셔놓았
는지. 술 마시기는 조금 이른 시간이었는데.

〈그래서 그랬습니다〉

6 월 / 28 일

사랑번 버스를 타고
영원역으로 가보세요
행복이 기다리고 있어요

〈영원역까지〉

7월 / 3일

사랑할 순 없어도
그리워할 순 있잖아
그리워하다
그리워하다
시간이 잊어주면
그대 잊으면 되는데
눈물 따윈
흘릴 필요 없잖아

〈눈물 따윈〉

6월 / 29일

사랑이란 멀리 있는 것
멀리 있어 안 보이는 것
그렇게 바라만 보다 고개 숙이면
그제서야 눈물 너머로 어렴풋이 보이는 것
그래서 사랑은
더 사랑하는 사람의 것
상처 속에서만 살고 있는 것

〈사랑〉

7월 / 2일

지금 스치는 사람들처럼

이젠 아무런 상관도 없어진

너를 떠올리며

어디로 가는지도 모르는 채

밀리듯 걷고 있다

〈손끝으로 원을 그려봐 네가 그릴 수 있는 한 크게 그걸 뺀 만큼 널 사랑해〉 Intro

6월 / 30일

한 여자가 그대를 사랑합니다
그 여자는 열심히 사랑합니다
매일 그림자처럼
그대를 따라다니며
그 여자는 웃으며 울고 있어요

〈그 여자〉

7월 / 1일

세상이 온통 너로 보입니다
어디를 가도 니가 생각이나
이렇게 멈춰서서
난 고개 숙인 채 말합니다

사랑한다

〈그립니다〉

값 22,000원

ISBN 979-11-6803-048-0 (00810)